VENTE

Du Jeudi 18 Octobre 1900

HOTEL DROUOT, SALLE N° 11

à 2 heures 1/4

BEAUX

MEUBLES ANCIENS

ET DE

STYLE

MARBRES — BRONZES

Anciennes faïences françaises et étrangères
Porcelaines, Argenterie

TABLEAUX, PASTELS, DESSINS

Tapisseries, Tapis, Étoffes

Me G. DUCHESNE
COMMISSAIRE-PRISEUR
6 — Rue de Hanovre — 6

M. A. BLOCHE
EXPERT
28, Rue de Châteaudun

EXPOSITION PUBLIQUE

LE MERCREDI 17 OCTOBRE 1900

DE 2 HEURES A 6 HEURES

MÉNARD & CHAUFOUR
8&10, RUE MILTON
PARIS

CONDITIONS DE LA VENTE

Elle sera faite au comptant.

Les acquéreurs paieront 5 o/o en sus du prix d'adjudication.

L'exposition permettant au public de se rendre compte de la nature et de l'état des objets, il ne sera admis aucune réclamation une fois l'adjudication prononcée.

Paris. — Imp. Ménard et Chaufour, 8-10, rue Milton.

DÉSIGNATION

MEUBLES

1 — Beau buffet à deux corps en chêne sculpté, le haut à étagères, avec horloge à répétition au centre. XVIIIe siècle.

2 — Pannetière en chêne sculpté. XVIIIe siècle.

3 — Pétrin en bois sculpté. XVIIIe siècle.

4 — Belle armoire normande en bois sculpté à médaillons feuillages et fleurs. Époque Louis XVI.

5 — Petite vitrine en bois sculpté. Époque Louis XVI.

6 — Deux canapés Louis XVI en bois sculpté, couverts en soierie ancienne.

7 — Deux chaises en noyer sculpté Louis XV, couvertes en soierie vieux rose à fleurs.

8 — Meuble à deux corps en certosine. Style XVIIIe siècle.

9 — Fauteuil X en certosine.

10 — Trois fauteuils en bois sculpté, couverts en soierie. Époque Louis XV.

11 — Piano de Jeanpert.

12 — Tabouret en bois sculpté recouvert en ancienne tapisserie.

13 — Bureau de dame ouvrant à dos d'âne, en marqueterie de bois.

14 — Fauteuil en bois sculpté Henri II, couvert en soierie ancienne.

15 — Glace avec cadre en bois sculpté et doré. Époque Louis XVI.

16 — Colonne en onyx.

17 — Petit coffre-fort de Fichet.

18 — Crédence en bois des Iles sculpté, toute recouverte d'ornements en bronze finement repercés à jour. Travail de Lièvre. Style xviiie siècle.

19 — Meuble à deux corps de style gothique en bois sculpté à rosaces et ogives et offrant des personnages dans des niches.

20 — Meuble à deux corps de style gothique, en bois sculpté, de même travail.

21 — Armoire normande en chêne sculpté, de style Louis XV.

22 — Banquette d'antichambre en bois noir couvert en velours rouge clouté de cuivre.

23 — Table gigogne en noyer gravé.

24 — Vitrine Louis XVI marqueterie de bois de rose et palissandre ornée de bronzes.

25-26 — Deux encoignures en palissandre et bois rose Louis XVI à dessus de marbre.

27 — Commode formant bureau cylindre en noyer surmonté d'une petite vitrine bibliothèque.

28 — Quatre chaises acajou Empire.

29 — Bergère en bois sculpté et doré de style Louis XV garnie de soie brochée.

30 — Table en bois sculpté et doré de style Louis XV.

31 — Banquette en bois sculpté et doré style Louis XV recouverte de soie brochée.

32 — Tabouret en bois sculpté et doré même style couvert en soie brochée.

33 — Vitrine en palissandre ornée de bronzes.

34 — Bibliothèque en acajou garnie de cuivres.

35 — Cinq cadres ronds en bois sculpté.

OBJETS D'ART

36 — Beau groupe en marbre : l'Enfant espiègle.

37 — Buste en marbre : Diane.

38 Statuette en marbre : Diane d'après Houdon.

39 — Beau buste en marbre de Mademoiselle de Beaujolais.

40 — Deux statuettes en bronze. : Enfants buveurs, socles en marbre.

41 — Paire de bras d'applique en bronze ciselé, formés par des cariatides de femme portant des branches à quatre lumières.

42 — Deux statuettes en bronze *Jupiter* et *Junon*.

43 — Paire de candélabres Empire à figures

de femmes portant des bouquets de lumière, socles en marbre rouge griotte.

44 — Buste en bronze représentant Napoléon Ier.

45 — Paire de vases en porcelaine de Tournai bleu turquoise à médaillons de personnages, montures en bronze. Style Louis XVI.

46 — Service en ancienne porcelaine de Vienne, décor à fleurs en camaïeu violet, composé de six tasses et six soucoupes, un bol, une cafetière et un pot à crème.

47 — Deux vasques en porcelaine de Saxe, sur pieds en bois sculpté.

48 — Grande statuette en bronze : Chanteur florentin.

49 — Soufflet en cuivre repoussé à figures et ornements.

50 — Lustre en cuivre à seize lumières

disposé pour l'électricité. Style Renaissance.

51 — Soupière en porcelaine de Berlin, à fleurs. Socle en bois sculpté et doré.

52 — Soupière sur plateau en porcelaine de Charles Théodore, décor à fleurs, poignée forme légume.

53 — Deux cornets en bronze argenté, style japonais. Edition de Marnyhac.

54 — Paire de flambeaux en bronze ciselé aux cigognes.

55 — Broc en métal gravé et argenté.

56 — Bouteille sur plateau en céramique de Thoune.

57 — Vase en céramique suisse.

58 — Plat en faïence de Deck, décor aux pivoines. Encadré.

59 — Buste de jeune fille en marbre, de Carrier-Belleuse.

60 — Paire de vases en porcelaine de Chine décor aux guerriers, en émaux de couleur.

61 — Jardinière en cuivre. Travail persan.

62 — Deux tableaux peintures sur porcelaines. Scènes du Moyen-âge. Signés GÉRARD.

63 — Dix-huit assiettes en ancienne faïence de Nevers, Strasbourg, Delft, etc.

64 — Trois assiettes en porcelaine de Chine et de l'Inde.

65 — Deux plats ronds et creux en ancienne faïence, décor, paysage et rosace.

66 — Petite tasse et soucoupe en porcelaine de Sèvres avec chiffre.

67 — Trois brosses et une boîte à poudre en ivoire.

68 — Garniture de toilette en cristal martelé, couvercles en argent : deux flacons,

et trois boîtes à poudre et deux vaporisateurs.

69 — Deux petits cachepots en terre cuite, garniture en argent, dessin à guirlandes.

70 — Brûle-parfums en porcelaine du Japon, monture en bronze. Style Louis XV.

71 — Deux carafons à liqueurs en cristal taillé, monture en vermeil, de la maison Louchard.

72 — Porte-bouquets en cristal taillé et bruni, à rehauts d'or.

73 — Ménagère en métal argenté.

74 — Service à poissons en métal argenté.

75 — Boucle en argent garni de strass et pierres cabochons.

76 — Deux vases en marbre reconstitué fond vert de mer.

77 — Grand plat creux en porcelaine du Japon, décor en bleu.

78 — Plat à barbe en faïence de Nevers, décor aux Chinois.

79 — Deux bouquetières en faïence de Rouen.

80 — Bannette octogonale de Rouen, décor aux oiseaux.

81 — Plat à contours, décor bleu en faïence de Rouen.

82 — Plat de Strasbourg, décor au Chinois.

83 — Cinq saladiers en faïence de diverses fabriques.

84 — Deux plats faïence italienne, décor aux amours.

85 — Grand plat rond à contours, faïence de Strasbourg à fleurs.

TAPISSERIES

TAPIS, ÉTOFFES

86 — Tapisserie, verdure et personnages.

87 — Tapisserie de Nîmes, décor verdure et volatiles.

88 — Grande carpette de Smyrne.

89 — Portière orientale.

90 — Belle carpette en moquette.

91 — Panneau en ancienne tapisserie verdure des Flandres avec vue de château en perspective.

92 — Chape en soierie ancienne à fleurs.

TABLEAUX, DESSINS, PASTELS

BAC

93 — *La Toilette.*

Aquarelle.

BERNAY-SAUREL

94 — *Portrait de Femme en japonaise.*

Pastel.

BOURGUIGNON

95 — *Oiseaux et gibiers morts.*

Deux pendants.

BRANTOL

96 — *Deux esquisses.*

CAYRON (JULES)

97 — *La Femme au cygne.*

CAYRON (Jules)

98 — *La Place Blanche.*

CAYRON (Jules)

99 — *Bords de lac.*

DEBUCOURT (d'après)

100 — *L'Escalade.*

Gravure en couleur.

DELACROIX (Eug.)

101 — *Page de Croquis.*

DIAZ (fils)

102 — *Paysage.*

Croquis.

DONNAT

103 — *L'Espagnole.*

DUPRAY

104 — *Changement de position, Manœuvre d'artillerie.*

FORAIN

105 — *Portrait de Femme blonde.*

Pastel.

GRAMÉ (Deux dessins)

106 — *Études pour le manuscrit du Bonhomme Misère.*

HAWKINS

107 — *L'abandonnée.*

HENRY

108 — *Tête de Mousquetaire.*

HYON

109 — *Cuirassier à cheval.*

HYON (G.)

110 — *Dragon.*

IBELS (G.)

111 — *Mon fils est soldat comme toi.*

Pastel.

INNOCENTI

112 — *La Frileuse.*

JOURDIN (René)

113 — *Portrait de femme.*

KIORBOE

114 — *Chevaux en Plaine.*

LAURENS (J.-P.)

115 — *Etude.*

LENFANT DE METZ

116 — *Cueillette de fleurs.*

LOISY (A. DE).

117 — ***La Tireuse de cartes et Jeune femme versant à boire à des soldats.***

Deux pendants.

JOHN LEWIS BROWN

118 — ***Cavalier.***

MESPLÈS

119-120 — *Danseuses.*

Deux pastels.

MILLET (J.-P)

121 — ***Paysages.***

Deux croquis.

MONTICELLI

122 — ***Fête d'Amours.***

Bois, larg. : 0m58 ; long. : 0m48.
Signé à gauche.

123 — *Le Départ pour la chasse.*

Bois, larg. : 0m60 ; haut. : 0m95.
Signé à gauche.

ORTEGO

124 — *En vedette.*

PASCAL

125 — *Cavaliers arabes.*

Deux aquarelles.

PAUGON

126 — *Chiens de chasse à l'arrêt.*

PELLEGRIN

127-128 — *Mail-Coach* et le *Départ pour la chasse.*

(Deux tableaux se faisant pendant).

POMMAYRAC (DE)

129 — *Levrier en arrêt.*

ROEDEL

130 — *Femme nue sur une branche de fleurs.*

Joli dessin.

ROUBY

131 — Vase de fleurs. *Fleurs et Fruits.*

2 Pendants.

SINET (A.)

132 — *La Surprise.*

TESSON

133 — *Sujet arabe.*

Aquarelle.

WOUWERMANS (genre de)

134 — *Le Campement.*

ÉCOLE ANCIENNE

135 — *Saint personnage.*

ÉCOLE FLAMANDE

136 — *Scène d'intérieur.*

ÉCOLE FLAMANDE

137 — *Femmes couchées au milieu de fleurs et amours.*

ÉCOLE FRANÇAISE

138 — *Le Souvenir.*

Gravure.

ÉCOLE HOLLANDAISE

139 — *Vieux Savant.*

ÉCOLE ITALIENNE

140 — *Portrait de femme.*

ÉCOLE MODERNE

141 — *Paysage.*

ÉCOLE MODERNE

142 — *Paysage.*

143 — Objets omis.

www.ingramcontent.com/pod-product-compliance
Ingram Content Group UK Ltd.
Pitfield, Milton Keynes, MK11 3LW, UK
UKHW021928190726
13853UKWH00002B/910